U0152241

作　　　　者 ｜ 本見

書　　　　名 ｜ 出走‧十六以後

封 面 攝 影 ｜ Jojo

設　　　　計 ｜ Victor.Yue

出　　　　版 ｜ 超媒體出版有限公司

地　　　　址 ｜ 荃灣柴灣角街 34-36 號萬達來工業中心 21 樓 02 室

出版計劃查詢 ｜（852）3596 4296

電　　　　郵 ｜ info@easy-publish.org

網　　　　址 ｜ http://www.easy-publish.org

香 港 總 經 銷 ｜ 聯合新零售（香港）有限公司

出 版 日 期 ｜ 2022 年 4 月

圖 書 分 類 ｜ 文學

國 際 書 號 ｜ 978-988-8778-76-8

定　　　　價 ｜ HK$70

Printed and Published in Hong Kong

怕了

手腕沒有完全聚在鍵盤上，儘管沒有非得上心的事，手肘也沉在腰間，男子還是讓肩膀略為弓起，遲遲沒有按上發送鍵。這相對太多的事來講，害躁不足掛齒，別的人大概不會多看一眼，聽到也許神情依然。情緒沒法調整至恰好處，他看自己倒在屏幕上，被恐懼加了一身陳腔濫調的濾鏡、或是赤裸上身的肢體。這些冷暖色失調拼湊出來的映像只會讓視覺處理的資訊超出負荷，更是放鬆不來了。

男子胸脯兩頭拉橫，氣順不起來束在心頭。他口裡似含住一口大氣，臉額憋出紅綠的根，鼓起的那旁更是像擠了一個大包，悶熱非常。手腕是提起了半分，他十根指頭卻依舊浮在半空那處，沒有觸動什麼、越發麻痺。臉額充血，指頭卻是冰在鍵盤上，冰的血液好像不至到那處，冰的沒有知覺。

他身體裡有點怕了，從身體裡覺得怕了。

他把指頭捲縮包裹在發熱的手心，顧不得舉止是否大方，只怕攤平會被人回以可惜的模樣。要是這時候不小心說了令人咋舌的話只會使自己貼在臉上的光芒掃地，所謂功虧一簣。

他想的有點怕了，從想的裡覺得怕了。他開始想像自己想活得怎樣，眼皮跳裡幾分。眼珠前好像有根針，扎在美好的想像裡、在周邊不著的事刮著無事跑進來的沙。似乎、如此的事、戳下去、試圖縫埋的淚線都沒有一分會跑出

來。天衣無縫，回憶翻滾的、衝起的浪，所有想像都會了抖動、卻就出不來，所以腦裡有了異常的平靜。當然，他不敢眨眼，怕刺穿什麼，「啵」那樣使腦子燒開了水。那對他來說可是非常危險的。

緊閉雙眼，求休息、求死亡，無人能從沸水的聲音下定奪。就是一個閉目養神好吃懶做的人——好這樣掩蓋眼下的良辰美景、無人能看見他的畏縮。仰著頭，像嬰兒的腦袋佔了三分一的比重，每一下呼吸輕輕的拉扯喉嚨、他總是唇瓣微張、不敢放下下巴，牙齒舌頭都咬不正一句話。心跳的聲音從嚨下口水那處進逼，一路打進他的口腔。口肌每一寸塞好塞滿的期待，卻又他冗長的嘆氣裡溜走。半服下來、些許凹進去的小孔、只還是光溜溜的水珠、穿了華麗的泡泡袖衣服。宴會只有自己作客，心裡的氣球也是洩氣了，只還是綁成扭曲的一塊、濕了點水、縮了丁點。沒有人往氣球吹氣，每個人都是假裝用力的閉氣、紅著一副臭臉，羞愧的跑了。那樣，讓趕急的腳步聲聲音流進耳朵、也討厭的情緒滑走。那些臉上套了一層厚厚的橡膠，自我膨脹起來、五官特別勢利。

他心裡有點怕了，從心裡覺得怕了。

因為這些事他都心有餘悸。糾結得變形、矛盾使表面都凸起了褶口，深處更是徹徹底底的拒絕了、吞噬了、給自己的傷改了個稱呼。男子是一個瘸腿的、一下躍動他就仆倒。慢慢的心就不想動了，也就不會動了。心臟像極了身體一處異物，礙在心口。烏黑、紅綠的瘀青使那些光明的訊息無法著色。他與那些暗角的斑點說理：你怎麼不能寬

容些呢、心口前端的刀子刮著你也是給孤獨被冷落的感受抓抓癢。年紀老了、心發大、那些空洞、廢棄、乾硬起的皮肉、沒有人再視它為寶貝。沒有人喊他的自謂自稱。

老人的心是很細的，血管也是細細的一根。除掉是十分的難，得看「心」色———因為臉是很難看的。心頭肉是披著紅絲、再來看烏黑、紅綠，粉紅瑟縮着的、展露自己的身體、搖擺在壞死的骨頭裡、拔鬆最軟的那一肋、在浮華的烏黑、紅綠裡顫抖。

海蛇

他是一條溫柔的海蛇，習慣了被口裡遊的雞泡魚刺到。他沒有皮膚，就只能借陽光打在海上的波鄰為衣。那是他作為海蛇特別自豪的時間，因為只要隨水流翻動身體就不會被看見。偶爾還能聽到別人對衣服的讚美，那時他總不介意透出一點體態，為自己沾一角一抹光彩。可別人評論時，他還是三尖八角的孩子，語句在口裡游了半天，就只能閃爍其詞：就在衣服的波光裡吐出幾個金燦燦的水珠。

他對夜晚又愛又恨，喜歡是因為他愛跑到橋底偷那零星的光。海港裡擁抱擁抱城市，擁抱擁抱大海。他恨夜晚。怕沒有了陽光，怕站在海的中央。他害怕看見自己雙臂聚的光被打散。怕橋在兩臂中各自沈沒。到了早上卻怎麼打撈都不回來了，那麼自己也成為化石在海岸上曬乾被人撈走。所以他敢直視陽光，卻不敢直視維港的幻彩詠香江。也許不小心咬破舌頭，也好過眼睛被毒素種了滿目瘡痍。他知道要是偷偷吞吃幾句繁華美好，就會糊了眼睛，以為自己回到地是空虛混沌，所以夜裡嘴邊的金子他都不吃。

虫

毛蟲驕傲地伸展、恍動它那監獄外的四條腿。它好像可以踢走天空、高聳的樹、以前嘴裡詛咒的麻雀：讓他們晾在斜陽的黑瓦上，等待被更大的鳥吃掉。

它問天空，問它可否讓自己賴在它身上。它不想當畏縮地蠕動的毛蟲，化蝶而死。它片刻放空：它要是在花間翩翩起舞，也只是成為別人的糧食。這時，對於讓它可以目睹世間風采的天空，它就像是帶著愛意的崇拜，就像是當它的長腿叔叔。它今天睡到中午、吃樹頂那顆被自己蛀壞的蘋果、晚上感受底下的涼風、深夜可以作不同的幻想。它或者不想動了，也不會被摔死。

它自大狂妄起來，早把自己當成天空。它忘記自己客氣卻大膽的發問，看麻雀撞上紅磚跌死覺得自然。或者自己還能屍體上爬行，現在只是覺得醜陋骯髒不願而已。於是便大笑，也許能喊話陰間。它想起陰間的飛蛾，天色一暗沒有去處，沒有轉生的餘地。毛蟲愛上這離地的生活，愛得無法轉身。蟲還是覺得自己能戰勝高處的寒意，畢竟看那總比大樹籠罩的美妙穹蒼是寫意極了，歡快極了。它看迎面而來的長腳蜘蛛，優雅活動自己四條腿，分享自己的壞蘋果，即使素未謀面，還是叫它老友。它稱自己為連接天空的那一點傳奇、講了一本同名傳記。它是最吸引的毛蟲，遇上死纏爛打女生也不是什麼奇怪的事。它不是蟲渣，它是對愛情忠心的毛蟲。它甘願被愛情吃掉、成為伴侶的一部分。它留下天空往外踢的一條腿，犯了所有蟲都會犯的錯，一生就完美了。

（卷一）

零

《緒》

如此的輕快，

心裡卻是慢活的姿態——

閉眼、

深呼，

墜入那一片思緒，

緩想、

浮於水面

水杯翻了，

一直地沉醉

尋覓從前的憶，

現在的思，

張眼、

放涼、

瀝乾

柒

《衝門》

晨衣下，我們徘徊得太快

滾下那舊式唐樓的梯

嫌着命、嫌着官

偏偏跳上了那五個百分比的列車

「嘟嘟」的，立馬去衝門

#我們是這世界只佔5%的富有人口

拾壹

《0.19》

行走於純白的城牆中

抹殺他的魂

斬斷他的影

漫天漂絮間

墜落那時

人們抬起頭 0.19秒

0.19是驚悚還是驚豔

年輕的血是堅韌的薔薇

0.20是責罵還是責難

目光總不及死神的溫柔

0.21是無心還是無奈
凝視一地斷壁頹瓦

是張眼還是閉眼
是深吸還是深呼
微弱的氣息壓在橫隔膜
溢出的是赤紅的冷血
還是湛藍的熱淚

<須臾間 制度下的我們都一樣: 裹足不前 吃時代的風沙>
封信子 白離 筆

拾肆
《引伸義》
不就是在海邊蹲着的父親
身側的罐子在風中發鏽
黑咖啡慢慢的分化發酵
嚥了一口 加入2.5毫升的酒精
注目看着微微傾着的魚竿
不知何時褪走了果斷

「苂，你閒着對吧，
幫忙買罐生啤，便宜的就好。」
說着
拿了幾個舊英女王頭的硬幣往我的口袋裏塞
也就是打發我的冒昧

蒼涼的桑音，略帶蓬鬆的黑髮
口中呼出一篝白花花的煙
發黃的衣衫告訴我 他呀
已經掉了一些日子

流逝的海水
是黯淡的年華
翻來的朝汐
是記憶上路的背影
風仿佛帶走了浪花
鹹瀝的味兒朦朧了兩眼
我定眼看他 把零錢塞回去

〈手中隱若的一抹洋紫荊在萌芽〉

拾伍

《別回首 孩子會走遠》
鼻子上的灰 乾了
連同毛髮凋落
兩足在抖動
沾了油 沾了菜
鑊與汗水味兒炒着
硬邦邦的焦香

「別再用『俺』了,
教壞孩子。」
芡推着門, 把麵包使勁往嘴裏塞
也就是不打算留下的意思
冷漠的嗓音 雙腳踢着不相襯的小板凳
頸上再沒掛着我送她那厚重的圍巾
那和我年少有幾分相似的身子告訴我
所謂血濃於水 不也就是小時候跌倒時
瀝乾了的、淡去了的
紅 痕
要怪就怪自己耍得太多跟蹌

那麼 假若你回首
飯也是涼了 燒的菜下得太多太多鹽
木筷落下的聲音刺痛了我倆的耳膜
眼中的她 瀟灑的 輕快上路
年邁的「老人」 乾笑着 黯淡離場

拾捌
《難民》白離
　風打葉 月正殘
吹過彈頭殼子
塵埃飛着
飛往閉目婦人的睫毛

沉重的地塊吞沒
她最後的幻象
帶不走 捕夢網裏的孩子
鐵絲間的花 在毒氣中腐化
一縷青煙

是政戰與槍枝的洗禮
拆毀了他跳向的懸崖
一道安靜的欄柵
徹去了腳步與
淚花的相擁

貳拾

《無題》

挺起身板 木偶扯斷絲線
結實的枷鎖成紛飛的零錢
生銹的銅面 映着那一片血肉模糊的倒影

你走過 從人群中叫囂的言語裏走過
如同新春的鑼鼓

我奔往 針紮在面具
黑色的鮮血在步調間 流淌

風帶走 你蒼白的臉容上 過時的脂粉
似炊煙 在我雨濛濛的眼簾間飛過

京城的街角
行人掛着笑得哭出來的臉譜
騙與演 唱着一腔酸瀝
生硬的臉部肌肉 在塗紅畫綠之下
麻木得毫無知覺

一串淚珠往混濁的空氣中發泡 發炮
你激動得拍掌 站起身來拍掌
友善地叫賣着
像一個關愛社群的善長仁翁

「一個鼓勵 特價十七塊錢」
我高興得把佈景板扯下來

(卷二)
廿壹
《煙華》
除夕
抓起一把煙花往海裏灑
回憶 在燒
喉嚨 發麻
老人在跌撞 旁人在吆喝 母親在飲泣 孩兒怕煙灰走入眼

街裏打鬧的我們
追逐流水跌破假牙
煙花在綻放 殷紅在分化
又是嗆到那化學味兒

多年後 回首
廢墟城映下的屍海
思緒 漸乾
軀殼 腐化
你們說黑是白 恐怖分子捉警察 流淚說笑 欺騙叫妙
倒數着未來的末日

散落一地的煙花也乾笑着血肉的
當下

廿捌
《朦朧的匆匆》
凝視 暗淡的灰
分不清是霧抑是霾

初春的街道 潮濕的微雨
糢糊了面具
只有泛白的口罩 在匆匆

城市 濺起 高樓
塵埃 塗抹 雙眼

叁陸
《一個軍人的呼喊》
樓外
你走過 沒對我行禮
帽子落地
怪肩上的星星
打進瘦皮囊

鋼筋啊 伸手
抓不下一片穹蒼

枷鎖、絲線與刀尖
為他冠上荊棘
又倒進黑酒 共享這失去用途的血肉

下瞬 你倒掛着我你髖骨
讓路過的行人踐踏我的制服
大概是 淚珠卡在眼簾時
已失去說打緊的理由
樓內 雙手捏碎 一地易碎玻璃

血啊 濺及萬里
手裏握着你的眸子
你那佈滿血絲的雙眼
才是
才是我的囚室

参捌
《 黑書鬼：年少的人你為何不內疚》
墨濺往 斑駁的書本
 字句間 侵略着你空洞的瞳孔
你凹進的皮肉 臉如死灰

又一班列車帶過你清淅的背影
你知道駛往的是墳場

你起誓 要逃離這駐足太多思念的月台

朦朧了 脂粉塗畫的景色
趕不及 把世界倒進淚珠間
也許是紅的沉重
對岸的花凋零着 好幾個春天

你是墨水 被淘汰的塊僵
而我亦不是偉大的人
那天撒種的人說 近朱者赤 近墨者黑
如今 炭火灑下 驚豔地 赤黑的烏紅

皮肉啊 成水貨客墨綠色的紙煙圈
含首時嗆到 一個勁兒咳嗽
把髒話往語無倫次的字句裏塞
一巴掌伸往 又抓過他的煙
警鳴充斥着 是走了幾班列車

(卷三)

肆壹

《 酸雨說： 失了孤獨的老人》

就他

就他一人

打掃落下的睫毛

是偽善地哭得太多了 大概

手裏的美工刀直刺往眼睛

那一潭污水

混濁的 不美麗的綻放

就一發烏黑的霧

發紅發紫的手擋不住又伸往

那77.7度微笑標籤的巴掌

他拍上臉上的灰

懼怕淚花把他的孤獨溶解

襟上的紫荊 乏白乏黃

三月的酸雨又是

打落了多少朵紫荊

才把墓地的晴空

淡化

2017.03.27 特首選舉後

肆貳

《那井》

<格子城裏的孩子都(曾)擁有的一口井>

你抗拒着 別過我的招手

那原是 父親碩大的掌心

是粗曠嚴厲的 是他哼着的民謠

日子過了 以後 又愛上了搖滾樂

那原是 背**鄉**的人的嘶吼

「那是沒用 社會的敗類」

你說要引以為鑒

你唾棄 如褲管的泥濘

腳踝塞進特大號男兒鞋

指頭湧著鮮血 大概

那是這代人欠那代人的債

小小的身軀 左肩背着竹書包右肩頂着孩子

紅**噹噹**的帽子壓在嶙峋的臉兒

「那是債 那是我欠你的。」

說着 他一拐一拐的 拉開了門

「別關上，小子，快往城裏去。」他沉着臉督促道

那帶落幕的**鄉**音讓我得掩着臉

怕格子城裝着的人家往我妄罵兩句

那是難堪 那是他的自尊心作祟與暴脾氣
「咔嚓」的 那原是最後的招手

2017.04.06
肆肆(隱藏篇章)
《假如亞當不愛吃蘋果》
2017.05.04
就這麼一顆地球
從藍藍綠綠
到放AA電芯的白色星星

就一個「萬物之靈」
摘下蘋果 爆個黑洞
到相信廢墟也有伊甸園

假如亞當不愛吃蘋果
請不要築我
萬德萬罪萬善萬惡

肆柒

《少女與挪亞先生》

世界很輕

你走過的每一分

擺弄最嬌稚的指尖

修成驚艷的叛逆

脫落的每一分

勾上地平線

那些花開花落啊

用不著大紅大紫

假若你走過

會盛不住的

因為啊 我的世界一直在下雨

他在與住在眼簾後的我 共舞

肆捌

《無題》

爺爺宣示那晚五月的夕陽

他在與阿波羅發表共同講話

絲綢搭在肩上 沒了藍沒了白

駕 馬糞運往俄國往東的方向

就職

肆玖

《白天花》

生活 在眼睛 要定住每一個情緒

淚水 打滾 往白天花去蒸發

灰點在仲夏裏也得把寂寞分化

說是你**丟**給我最後的衣裏

我把它蓋過頭 領口的記憶往心裏扣

那些棉線把我埋没 是在夢裏消逝

是堵住了口的漂流瓶

伍拾

《邊疆》

在邊疆的城裏

你走過的因清晰而朦朧

梅樹啊 不同花姿招展的葉柳

是迷路中 耿直的孩子 立在白花花的記憶裏

那一片荒寂 因陌生而建立的居所

我在森林中自轉

彷彿攀過許多自己 又困於當中

你祈禱 合上佈滿尖刺的雙手

我忽然想要躺下

想要三生三世不做人

於是 我沒有提起行裝
隨野貓躺下
牠在舔我的雙手 比誰都要溫柔
我再等
明日的四時與黃昏

記憶 在細小的夜幕裏
不再閃耀 是的 它走過千千萬萬里路
一支梅 只有以前
只有那很久以前的那位知道
躺下 折返 躺下 折返

伍參

《格子人：此人已死》
常要匆匆走過
說是因為深知留不下這片風景
車水馬龍的街
目珠翻不過無臉的人牆
「這是界。」 因統一而拆解的生活方式

散落的拼圖缺了一塊
聚居的人背著身子
建造、規劃「完美」
七百個細胞爭鬥 死成嫣紅的血漿
驚艷得 不得 化灰

#法則
#城市發展#過度發展#工業都市#工業化
#——我們發展到這裏

那人面紫 靜脈發漲
年輕的肢架一拐一拐地耍個踉蹌
找不到 能眺見星星的路口

伍肆
《風來了不得點煙》
膠桶搭著木坂 坐下
一旁的老人沒瞪我兩眼
對頭的空椅 直直的劃向耳後的髮根

樹影參亂的在舞動
我知是風來了
風來了 不得 點煙
「咱們一行人何時淒落成這個模樣」
他的所有過於通透
映着慘淡 濺如高樓

散去的對焦點
一生也沒觸及溫柔
妄妄的以為 太多的以為

風過 心平 海未靜
板凳的膠桶仿佛載了海水 漂得好遠
我以為 以為的名字有這海

伍伍
《瞳音志》
他拐過一個又一個路口
腰板挺不住 彎似圓月的愁
一輪紅日要你到下
好一句黃旗你要倒下

對話 對話 你嚷著要對話
掙扎 叫人清醒的尾巴
擱不着又執起的利益
不對視 理不清 要躲過敏感的眼睛

年少的手 拉著多少人頭
斬掉不利學習的絲線
他的頭更「貼地」了
在彌敦道 捆手 困首

一個書生 一個旅人
紙鷂 自繞

腦子墜向只有他們不存在的街
染紅 好一句從來只有尾巴在存活

伍陸
《魚骨》
想要走上 架在空中的線
仿佛不抽離於
巷弄裏 真實的臉孔
從而陌生的 回首 不得知

別過高 化白的翅膀沾不上那些雲層
街雀點綴 凄風苦雨
啪嗒
倒晾如魚骨

伍柒
《無題》
母腹內 你是抽着那細小的管子
假死的嬰兒
你得學會反叛的方式
在蝙蝠行走的路上
倒掛自己

遊繩的另一方
蛙聲不及蟬
西方的姑娘 你怎走到寨城

漫天 是你母親的傳說
漂絮 流淚亦不至天明

伍捌
《致：熟悉的路人甲與社會工作者》
宿者的聲音
滴滴答答的倒在城裏
那些蠕動的蟲子 比世人溫柔

窄小的梯間
臃腫的醉翁 堵着牆 下樓
眼凸着肚子縮了回去 傾著半瓶伏特加

單身漢 眼不乾
橋下 意念盡散 白白的 消逝 失焦
那些光影 一個又一個粗略空乏的內心

就只有趕活

可死。可生。
自傲美麗的糾纏。
離間。
化霜。
月薪錢。
明年。
獨居老人。
城裏書生。
每一個自己。
熟悉的路人甲。

陸拾

《靜待》
那列畢露、新鮮的支撐
小黃傘 風吹即散
妄為與自我鼓吹 標榜是尊嚴

那夜公車不打烊
政治商家没把上這路兒這話
我能佻見安托萬·德·聖修伯里訴與我的傳說
要請你投下混凝土星星

販售青春的壯士河
血染 別了五顆 拖不動
被告沉溺的錨

水中扭曲的五官與格子城
掙扎自綁

(卷四)
陸壹
《明年科舉別要出走》
上鄉
我仍是那位三十多歲的 有為青年
我是**啃**老族與敗家歷史玩偶
我獨唱 巷弄間走不過月亮的調子

空樓房。獨腳戲。
倒掛招租標貼。廢紙拾灰燼。
茫。頭腔。小調。金屬搖滾。
乾雪、對影、白飯魚、電線杆

陸肆
《易》
天是完美的藍
與樓層走過的人打成格子

繞路的她
想看樹的綠花的粉

潘朵拉的盒子 沒有告訴什麼
　　　　　　　沒有放了什麼

主力壁與走過的我
編織交錯
一把剪刀 一抹灰
從地上吊下來

吊了下來 如她心中的風鈴在哪裏盪漾
更快墜落 到

脊後被挖了個洞
她即是我 看那裝了六十四片顏色的天空

陸陸
《割尾巴的機器》
在此警戒，不要再陷入憐憫
魚目混珠間 二夫人的嬰孩喊一聲奶奶
那列柴油小火車到了美國

所有人必須看見旗子 孩子，快揮動旗子
盲目的崇拜 千禧後都得快快長大
在便利店買666強國彈 拿眼睛當槍枝
〈孩子 拿廁紙塞進鞋子 你得趕上百日宴〉

陸柒

《舞鞋在漂流瓶裏》
我並未得知大江大海有何
沒落的緣故

今天血氣沖鼻的涼快
走過許多夢
母親教我的生存之道未免太正確
洒過喉嚨沒有餘韻
一支曲直落肚子裏
鼻尖上的灰 你要它跳舞

〈從前有人送信 今天你要等待回憶襲來〉

陸捌

《嘿！山頂的友人》白離
秋在趕來的路上
碰見了黃昏
黃昏說——

山羣之上，戰馬亂奔
山頂的友人們啊　閉眼
請珠寶師鑲一顆血鑽
好預告那動盪的時節

人民之血漫溯紅霞
山頂的友人們啊　閉眼
請畫家畫一幅風景畫
好記錄這震撼的場面

城牆之下哭喊之聲
柔和得落寞
山頂的友人們啊　閉眼
請作曲家寫一首小調
作為斜暉裙擺的倒影

直至我走了
他們才睜眼
天黑了地黑了
他們仍躺在山頂上
我這才想起
從來不睜眼的人
從來不看見的人　怎會怕黑呢

他們只是怕盛夏走了
怕山頂景色變了

陸玖
《四季》
我没回到家。

燈光擺動我眼裏的光影
在那昏黃之下
秋風括起了雪花

你說那是家户窗外的群花,
也許是奶奶在烤蘋果的霜糖雪花
房間裏只有一棵松樹發黃掛畫
你酸酸的, 拿掉褲腳上的結冰的它
指尖留着剝落時的微冷
我悄誤了打開衣櫥的時間

<到了哪個時節 長不大的我再不是你們的英雄
没有人騎馬 没有人搶着接受撒花
別問這段為何特短 也只有出走的我的四季能夢這樣長>

柒拾

《詩兩首》

1

公務員只招陪笑員 大學學歷 一萬元

上了一天的班 入職獎金**夠**吃午餐

新鮮人你牙齒露不**夠**8根 我們不會迫你 但我建議你辭退

今天第一次取公事包 動作似65歲的老人

從西隧搖晃到大廈的平台 有「關愛」的座位 笑得比我自然

下車 我放心走神 沒幾個路口 嘴巴換個弧度應酬

2

落泊沒了眼睛的寄託

抓住了霧 這是他們的信仰 能看見

散會後 到黑市喝個爛醉 賣個肝賣個光榮的事業

明早 你們一行人就拖在孤身 連個影兒也沒有

登船 就放火 拔錨 高歌

野火燒到心臟 那你就跳河

抓着月亮的軌迹走回去

柒壹

《呼蘭河的女子》

——過了大寒 我便要回去

——回到呼蘭河？

——不、到西邊去

她唇畔微張 眼睛卻走得好遠

日子啊 是烈日燒着厚雪 這樣聚 那樣散

不似小巷的路 你曾說朦朧的月光走不過

那裏的閒話 不清不楚地聊到早上

你眼裏的更恍惚了 星星也舞得掉了下來

黑夜中掛着曖白的光

城裏吵鬧的人吵鬧 用不着一串雞腸論政治

蕭姓女子眼眶湧着潮 掛不着淚

失散的對焦點轉不回來 呼蘭河的她沒有回來

柒貳

《關於蕭紅》

嘴角凋下

一道血塊上封的霜

我可會是炒着淚，看你打翻滾着的茶

你問年輕的肢架為何腳步蹣跚
水中煮的花、蟲蛀上胚芽
彊在冬風裏的我捧着白骨上的花嫁

我說 海的瀝過於散漫
潮汐不得返

#校園裏執筆女子的鬼故事
#咱們打卡就回去——

過客們哪 踏著血肉的內容 匆匆的晃動在茶裏
你可有聽見煎茶的人 尋覓着慘白色的夢

柒伍
《病態》
鐵鉤下的證件照與名牌
蒸氣把洗過的黏回臉上
吸墨器把名字沾到身體裏
膠帶落下也必須淒美

(拉)

我半揚着淋浴間的門上吊
像一齣失敗的小品戲子
書說氫氣能加快氧化速度
格子地板心須區分顏色

(扯)

十六指垂下紅了四隻尾巴
老鼠啃着肉塊回溝渠裏
這是儀式 認知 病態
這是必須 這是必須

(呼吸)

扭着耳骨歪着鼻子
眼淚走過喉嚨
成了 最後的呼吸 回到 最初的審判
生命必須鑲到地板裏

蝙蝠是最美的鳥類
那麼鐵垮下 我們仍在夢裏

柒柒

《未來調色》

柒捌

《失色》

動盪的時節。

啪嗒砰。

又是濕着髮絲跨年，
茶几墊着的成績單被吞進膠沙發的縫子

「真遜。」
火花燒着暮色
破落的樓羣 壓在他的側臉
額上 裂開

孩兒 你眼角一皺
與你母親哭成一個模樣
你母親 沒有酒醒 我 沒有花嫁

調了靜音上演的**粵**語殘片 謝幕
我到日式扒房上唐樓掠衣衫 未乾

柒玖

《媒體的**櫥**窗式購物》

一口鹹瀝充斥口腔
你把一口海下嚥 沙壘沖不回來
洗 刷 落伍的潮流

一口白沫 天更蒼
你把屍體掛上聖誕燈飾
乾雪下了一個冬末

打折 你示以冷眼
噴了唾液算是打了小費
結帳 卡 客人今天免費

你拉戀人的手親吻
轉發 喔寶貝我們有3000個讚
很好 我愛你

總統先生你需要點什麼嗎
我取傘衝出 流淚
這不錯 我們就買這櫥窗回去

一口櫥窗砸下來
燒炭的人吃灰燼 對街老伯取之充飢
要不打卡再回去

我細察 深秋成沙漠
蓋着乾了 乾了眼睛

(卷五)
柒陸(隱藏篇章)
《看街》
唐樓鐵箱子織了鏽 鑲了花
租客抱膝 信封一角濺入咖啡

耳窩還有公車急煞的 餘韻 汽油味兒抽進鼻腔
別過頭 上樓 把身子翻上格子床

拋手 信箱一側 二樓的信還有微溫 擲向剛下車的少年
他一肚子怒氣拿老車房的倒車鏡照臉

一樓的尼特族 往床邊的報紙抓個招聘廣告 抓空
他目光似鏡 踢雙人字拖 踩下信封

六時 等魚骨天線上停留的街雀回去
在對街的咖啡廳裏 我會給這裏的人寫信

沒有人會按下門鈴 他們怕時間會在這瞬裂開
他們怕 我寄這淡淡的一首詩會被看見

(——終於回來了
封信子)

捌貳

《果子》

幾發子彈打進心臟

編成紅桑子色的捕夢網

太陽貪婪地吸食細胞 顏色

少年皮膚熏黑 一頭白髮被掃走

身體似是被「即棄」的果皮

回到家 回到泥土

果然地上一抹殷紅

大樹成了槍炮

發酸的果子「啪」的來裝上彈匣 「啪」的打回去

我不再留戀有力氣的日子

他們說那孩子終於走上正路了

因為許多夢未被安葬

捌參

《少年與樹 · 屏息》

別要尋找 呼出混濁空氣的源頭

眼下細小的絨毛 要畫上流蘇

半隻眸子 掛上這流行元素

太重了 睜不開 焦距停留在最近的塵埃

我踏著錯亂的舞步前進
把廢氣抽進胸膛
眼淚蒸發的霧氣 凝住 滑落
那水珠似冰 麻木的口部肌肉支撐呈橢圓形

空氣震動 我聽見最後一片落葉 刮地的聲音
少年耳裏跑出一串黑霧
把我插進頭裏

捌伍
《小人婆》
曲終 不足嘴嚼一首詩的時間
你把它投進郵箱 **哐**當 撐在胃腹

作為新入居者 你打起如意算盤
硬生生的 連名帶姓把漢字帶到鵝頸**穚**

那婦人脈動的青根 眨著手腕都來了勁
打你個脾 打到你結婚即卡離
她執著得似要把情婦的孩子也打掉

一樓一談過門也是客 出門喊騷擾
贏的挺胸扭腰也是訴訟費

板子薄 巷窄小 擠在床上親熱
你還得聽隔壁滴水聲過活
活過詩意散盡情濃時

杯子落地放牙刷 牙刷爛掉刷老闆的鞋
鞋子爛掉拿去丟隔壁的門 「不浪費，拿來打小人」

情愁曲奏 一杯水哪盛得兩杯愁

捌陸
《中國是藍色的》
一襲星星衝進眼睛 慌了夜幕 慌了地球
中國藍 湖面不瀾 怎敵它長年歲月 就一塊國家主席的牌子
方可漂成汪洋
你們放大的瞳孔 農村孩子穿藍旗袍出城 沒有赤家 沒有朱城
這是中國特色的社會主義 我們說了算

錄像機開 好一齣天文紀錄片眼球變換風景 風景變換眼球
你吃了我的月亮 一口又六十四分一口 滿面瘡痍
革命紅 勾起一瞬又長眠
一針扎下 鏽進河裏 夜裏 孩子的衣衫裏
因你眼角的血絲裏 徹夜未眠

捌捌

《浪的疾走》

叼著一波青白 放眼矮山高樓

去返的船 一尺風勁 敞開迷城
要竿下去半分 浪靜對映
甲板上的 戲散 浪打不及 人海

我還在這口港 待水點沖刷上腳裸
我半吊著腳跟 **踩**下掉漆的縷空樓梯
臉上還有幾抹風帶浪花的足跡
汗衫掛是沾了灰半束著的大衣

入夜我看擱岸邊的船啊 參亂的綠 活潑的虹
水桶處蘸了白沙的光 比霓虹燈迷離
浪走的更快了 要人**瞇**著眼睛
褪去的雲白 奪去夜星的輝映

你說 冬天的夜太黑 不如窮盡海際
有海 浪你就把我送到哪裡——

捌玖

《試場遊記：其三》

孟夏 考試的季節

清晨六時 我們才在集中營醒來

槍枝都躺在身側 濃烈的彈藥味兒在指頭擴散

運筆間 一襲雷光比鳥兒早起

沒有樹 只好啄起耳窩裏的蟲子

知更鳥聲碎 比雨下的淒裂

考場 我們只以沉默作與知識道別的喪禮

停筆一詞從他口裏滑出 我們才把國旗蓋上

細雨拉下我的淚絲 手背一涼

我們的制服勳章肩帶 如槍聲一滅 春鳥跌下的聲響

紙上墨跡斑斑 雨點滴滴

我把槍枝塞進喉嚨

這才把帳幕拉上

玖拾

《生活似雷雨的冷》

雷雨的冷

是熱力聚攏在衣衫裏的局促

它不及 冷氣房間中冰棒的冷

它單調 只麻痺舌頭

你跟著前方路人
繞過樹影時
踩下
淺水坑

你只想回到家
即使沒有什麼
因它似是這淺顯易懂的詩
不會使你窒息

玖壹
《知道ABC不如學九聲六調》
愧你穿著黃皮膚紅衣裳
張口閉口都是大美國主義
熊腰虎背架起胳膊走在彌敦道

（別忘了肘擊這地土 回去債主打你你是誰家的狗
畢竟你轉過兩天便通曉中醫經略
我們在這地頭兒的 是眼光淺窄才看見這些）

#這不是一首詩詩不能承載公憤

玖貳

《大人》
孩子你要努力做一個大人
你要執著、
打敗每一個壞人

你作錯你可以重新來過
那些擁有大人面貌的壞人不能

所以你要與他們戰鬥
你要選擇攻擊換取正義

你不能原諒他們，
唱完愛與和平的片尾曲

玖參

《無題》
狂喜是拉扯嘴角的運動
沒有處理情緒
吸食大量咖啡因
連夜搜救自己

玖肆

《白日黑行》

旅行車 半路未盡

忽然聽見雞啼

黑瓦圍繞 風嘯捲雲

旅人 一個人踢着慢跑鞋走在最前面

就在這慢走不會被踩鞋踭的城市

小區那大教堂的閣樓

你斜影拉開離別的七月天 把昨天的雨收進心門裏

高樹矮樓 房車駛過 沙塵吞撲臉容

你說青天未曾有被窮盡 我說天際兩邊都有相會之期

可我現在知道 那是因為早鳥叫夕陽褪去

玖伍

《哪天，我成為了雨》

我

踩着積水

淺坑 洗脫

我充血的顏色

玻璃掛着
是雨簾
還是黏回的
破碎

脈動
交通燈 轉動行人
輾過 廣告燈箱的車

你那光線導電
與我 交融
等待綠燈 等待血流盡

十字路口 你握着眨動的綠眼睛
怕被血溶掉的你
把水濺過對街的我

電纜探頭 觸摸高樓
直至水附上我
我才珊珊走來
平實的躺着

我會以淚水
笑聲 相映
因在你的褲筒衣袖臉寵
都有我

玖陸

《壯膽》

雨停天未清
人類不似植物 吃了雨點能長大
生來渾渾噩噩 濕髮擋住眼睛
跳動的眼皮 起床才瑟瑟發抖
把升降機門 然後是閘門撞開

電腦桌前一副又一副 並列着 美麗的殘骸
光鮮衣裝下 還是厚重的粉底液
窗簾布未開 掛著塵埃
乾燥花朵 倒掛的編職
捕捉孩子 你發的好夢

羽毛 線頭鬆落
請把做過的好夢惡夢都還我
浮腫 黑暈 都勇敢看見
生氣的眼目傾倒淚珠
兩扇窗 綻放異彩

玖柒 隱藏篇章

《眼耳口鼻》
關上視窗
是光熱源感應
我看見
哪邊有眼淚跑出來

很冷 話僵在口邊
不如說個笑話

靜音
震動的耳膜
我看見
有通話打進來

很煩 字詞不**夠**用
不如就此了掛

建議字詞在鍵盤上方
明明 沒有什麼想要說的話
我看見
「你」和「他」 都不在線上 表情符發出去

點觸間 那光纖快得拉起了光波
眼淚也憋出來 拉出一絲
長到耳邊的魚尾紋

我才知道 你持守著
必要的沉默
因為30秒的錄音
沒有人要聽

你 大喊 他 大笑
露出鬆垮的牙齒
在大屏幕上浮起
我看見 彈出式視窗 我短路了

於是 再也感應不了彼此
所以 耳鳴 手震
等候 睡眠模式 8小時
重新開機

玖捌

《無題》
你是做大事的人 下車在法院當證人
為什麼一具女屍躺在休息的地方
為什麼為上位演推理劇的戲碼
為什麼藥學程式沒寫副作用

沒有道德高地走來不崎嶇
絆倒的人牆阻堵視線
你佈了局 掩飾未完的結局
你呸說七情六慾哪有解藥方式

於是麥克風囚禁了你 這是個社會實驗
錄影機在墳場上面 通了電滅了音
你把煙滅 放火燒四面
再把你的布娃娃放上木桌

一把椅子我坐 一把椅子讓你看着別坐
戴名牌手錶做湯圓充當賀年短片
包的是百姓的骸骨 播出要濾掉骨裂的聲音
你是做大事的人 蒙眼看第四條柱子崩塌

玖玖

《過暈雨》

樓裏 三五成群嘻笑得高調

我抱頭吐句不認識故意不讓座

拉開空椅背 人再撤走

轉到 看大厦拍賣的示範單位

又説不打擾了 當個心中麻亂的過門客

走了三兩趟 等待鈴聲是磨人

勉強瞧看 還好沒有對到眼 怕給你失禮**丟人**

原來我們 分別

原來 換了位置

留淚 都蒸發成一片雲

風吹進沙 一下就捲走半片天

那不是風暴的雲 下的雨不會帶刺

傘子勾起的都在腳步裏止息

撐開躺在走廊 等待我這種露宿者 等待風乾

零零

《黑色朵塊》

聽冷氣機運作的聲音

塵埃捲進耳道 面紙堵塞毛孔

高一的試卷 講的課尖銳而近人

比如是政治家 用專業詞匯 妖言惑眾
什麼答題技巧叫最大本領
教不了你修一台冷氣機

我所看所聽的黑色朵塊 點綴曬傷
要怪在溫室裏表層沒有感知系統
最後是冷氣機燒掉了我 葉液寫了這詩

(卷六)
壹零壹
《我與瑪麗醫院前墳場的千年守墓者》
你挪開腳步
就如已經走過很遠的 路
踏在雪地的腳印磨平我心裏的突兀
我祈求你不刮起風啊雪啊遺憾啊
那麼沙子進眼睛也只會是寒水
透不進我的靈魂

地球沒有冬天的時候
我去博物館
看第一次極光
然後藍綠是你眼睛的顏色
假猩猩的說
天空生了病

你籠罩著我
即使封著手指和身上的電線扣子使我再沒溫度
那折射出來的光頻
撥動了我
那是你發燒的體溫

我想要到更遠的地方
比方說森林 沙漠
我要取眼角的沙子種樹
如果是沙漠 那會是月影
阿門 不要因為我們冷漠地球
再局促悶熱更多

記得我到過市郊
晚上的市郊 很冷
冷得言語會遭封殺 你看著腳印冷冷地道
這句話以後 我平靜地聽心跳偵測儀的浪聲翻進耳窩
心電圖是漂亮的弧形——我們 在此分別
說的是我退卻 你留守

壹零貳

《小明上廣州·續》

滯步走 踩在香港版圖的大中國裏 唾棄老一輩的蹣跚
追逐 復古的潮流 山川錦色綿綿 白綠連帶額上的青筋

哪家合作社有這宏大的建設 你罵一句 在走資派的車上
什麼議會什麼省級秘書 混一口京腔年輕卻穿得老氣

新時代如何莊重地自拍 微信發給爺爺看 如何黑進維基百科
爺爺給你首半小時的wifi 你到了廣州是中國人了

都是黑頭髮黃皮膚 民族從來都融和
我愛香港 我愛中國

壹零參
《粉嶺》
聽異**鄉**人 他在狂言怒語 拒絕拉開靜音區的門閘
我口中碎碎的詩 是外語 東方小島的篇章
從堅尼地城到金鐘 從旺角到九龍塘
最後是幾列車跳起的軌跡

進嶺間 是慢駛所以看見樹塌 不要再怪颱風吹襲
一椅子半個身位 我瞥看旁人坐著的衣角
於是我抱不鹹不淡的廣東口音 拉開對話帷幕

以前娘在樓上穿膠花 我們拍紙人玩耍
今天新移民卻成了壞人的名號
思**鄉**也要談價 你說這什麼笑話

你說那是南方女生的輪廓
你腦海描畫田裡的掏槍的婦女
汗烈還是血烈 戰爭才有的民族魂
飆的俚語東北話 句句來勁

下一站粉嶺 我拉起摺起的衣袖
你給我二字頭的電話 那跟以前的我們特別親近
你說你要乘對列的車 到新的邊界
<哪天再聊起士多的兩角沙士汽水 原來味道來自一個地方>

壹零肆

《白澄》
似凌晨一時 窗簾倚風起伏 拂臉驚夢
那是額前碎髮怕見靈魂的心窗
後頸的濕髮是枕着雨後的直道
路邊野花攀藤進屋

蔓枝扮演丑角淺睡 在睡夢中漫步
濺起徬徨的水影
叫葉面上平躺的朝露抖動
那是眼角的水珠 你可嘗到微涼

十一月 樹上掛著點點白澄

那不是雪 不會被融化

也不是冰 我們尚未步入寒冬

那是捕夢網的編織 有種子掛在明日的朝霞裏

壹零伍

《騎電瓶車的人》

是被誤了多久的路啊

擺的彎豎起身子所以摔個正著

你在前頭騎著電瓶車 我趕著你趕過的路

不至於吃太多的沙 落髮在肩上領口也進不了風

車還沒上呢 衣兜就幾個板的零錢 衣裡也就空蕩蕩的靈魂

於是男兒啊 口哨吹的是光輝歲月 看飆車的人

那是停在珠三角某處的市井 操一口港普談信仰

回到四大天王產業慶盛的時候 還有風平浪靜的海港

母親穿個膠花能幫補戶口 工作能孝敬父母

放學能玩拍紙人 再爬個樓梯回去

踩的路拐到盡頭車不能掉頭

播的回憶放送到時不就過時

都往天空拔出獵槍 卻沒春鳥跌下的聲響

等轉燈的時候 風起

要背上的高樓漲高水平線 再掉幾個零錢

最後踩着油門把熱血甩進關口

看車停 人散 風淡

關就過了 車又開了

吃北風昂首 跑在前頭

你成了考試機器 寫褒揚電瓶車的文字

官腔讓我知道什麼叫地道 讀的流下思鄉的淚

壹零陸

《糙米粥》

羹裡淺淺的糙米粥

一口薑蔥蘸點醋 一攝青沉入胃袋

下肚七秒 翻滾

你嘗着 笑開說 人生七十載 如浪

嗆的不止幾口 不還剩一碗鍋

焗了 放涼 待煎的 苦 水

母親告訴我們 別怕 熬過了 就蒸發長夜成夢

那時煙坎樓閣築巢放蝶 渲染烏綠城樓

你捧着碗 是一缸米水 沉靜的躺在井裡
再怕也罷 斟一口 每每除蔥
那樣 蔥香還是迴迴 不息 隨夢入鄉

壹零柒
《比家國大的事》
屏住氣息叫人沉默
不過專注於自己的呼吸

一肚子悶氣聚攏 憋紅了臉
吐出鼻息捲進耳窩也能擾人

你發的是什麼脾氣 要血氣充臉
少年 沒有人 沒有人會為你瞪回去

於是你豎起身上所有神經 捏了就敏感
看淚線跑完全身 便用手拆掉它 張嘴疾呼

壹零玖

《白日夢》

你說我是年少有為敗家犬

因為今天也是晚歸

鎖匙不習慣的扭轉

動作生鏽如用刀片

一下兩下刮下鬍渣

屋子如生活呈現

一片狼藉

即棄的生活用品

在沙發縫子擔頭

束搏如領帶掉在置衣架

消毒劑刺激你的鼻穴

浮著軀殼進入廚房

麵糊了想創作

米焦了想置業

埋怨吃的一口住家飯

誰要夢還沒成張
背影卻隨夜色成長
門口到臥室鏡子如何掙扎
明明 年少有為 站的住腳
明明 夢想**夠**戶口 **夠**當人生主角

頭昏腦脹 看混沌化白日
還是 逃避著自己的狀態
拖延成最寫實的病理描述
關機 即使破銅爛鐵
還是要作一個白日長夢 方可導夢入**鄉**

壹壹零

《風鈴》
風鈴勾著一扇窗戶
玻璃 瑟瑟發抖
我聽見 雨落的聲音
它們破碎的顫動
不打擾行人

風是碎步走過的
翻過去年的御守
沒有信仰
還是求一句保佑
掛滿連年無心再求

書說樹擺動落葉
就如何知道秋天
我看桃枝插萸
野果結樹上點點
風鈴還在掛
是跨年時節

寶碟掛 鳥兒飛
跌在人家煙囱
鍋煮的是長壽麵
長眠的人在樹下
那原是他們的窗

遮風擋雨是風鈴
它不似綺窗透明
透不進 勾不起記憶
風鈴會褪色
打響了垂死的心靈

孩子 聽 聽風鈴
阿嘛叫你吃開年飯
你什麼時候回家
慢來 待過幾天

孩子 看 看寶碟
我別開眼睛
看棺材送上山上
那年你終信了教

寶碟卡在樹上
鄉下的人穿棉衣
還是整整齊齊的來拜祭

記憶明火燒
走來步伐鮮明 清晰
讓煙坎味往通風窗裡散開

我祈禱 不成打擾
即使心還掛著風鈴 在響
即使爐火未熄 心未息

壹壹壹

《百年樹》

於是臉上平淡瞇成一咧開懷的笑
臉上色澤光暈如蘊含數万個苞枝

含苞起 花蕾開 橡果落 播下色彩萬千
晚冬的園裡 依然生長茂盛 葉青不斷

朝時的暖陽 溫室玻璃外的人 才被熱光警戒醒來
你向他們展示生機 活動身體細胞 擺動 掩護 庇蔭

壹壹貳

《杯裡最後一口黑咖啡》

杯裡最後一口黑咖啡
是淺淺地一層薄暮
薄的嚥進口裡就得走人

吹不走 感慨萬千的通脹
高街還是老外愛的酒吧扒房
眼睛繞不過搭桌談商務會議的人

於是你捨不得地褻起杯耳
架起了今天早上七點半發的報紙
沒中稿 是耗了一個早上 再等晚報

我勉強咬著舌頭飆了句破英語
要了杯很貴的礦泉水 清了略乾的喉嚨
再把咖啡放涼掉 那時才喝到苦澀

壹壹肆
《出走，十六以後》
我把從十四歲寫的詩
至今沒有丟掉的一百二十首
放進十六歲的回憶枕頭袋裡
拉扯記憶的纖維
別上最後一針 藏好成績單 扣緊

十六歲以後的年歲 不太好算
畢竟 人沒有太多不凡
沒有太多年有標青的成績
人到二十 履歷上更沒有公開試的痕跡
是稅單 把辛苦錢揍合減下的薪水 能給予你職責榨乾你的夢

然後到中年 報告 什麼公民責任
到街上游行 十六歲的回家準備想畢業出走旅行
帶上枕頭 扣在旅行袋上
那麼就可以睡的安穩
那麼 十六歲以後的出行 都說走就走 不談原因

壹壹伍

《入土》

死的實在 真的不過虛說

人啊 托著滿腦子浮水 每晚沉入夢鄉

老師說 人十八 身體已死就開始朽壞

到八十 才睡入土裏

我又說 骨裏的灰蛀進擔子是不能入睡的

頭殼充著空氣顆粒會把人吹進沙漠

沙子會磨 撫平過去所有傷痛

脫了水 擔子就超載 無法抬起腦袋

於是因為早就忘記回去的路 也不知道該走哪方

地圖就又有幾次震盪 把屍體下葬

吹風無法喚雨 看幾顆沙入眼

它們從人土中蒸發 洗進黃泉的水裏

壹壹陸

《雜章》

心臟挖出來 用足**夠**的誠意勾勒企業形狀

那麼要**啃**一口的就咬開大動脈來 或是硬生生的拔出器官

對比吸血的人 說你的血不**夠**深 沒完成的心靈 硬度不**夠**

你捏我的氣管 逼近那紅紅爐火 是教我呼吸 嘴唇鑲了金箔
讓沫飛感染物跑進食道 吞噬 把五臟六腑翻過來
手啊腳啊每根指頭都是新的 這麼一來嘴裡轟炸旁人就成新的人

我頂著完美的版型 梳著成熟男人的油頭
背著四書五經教經濟 學生上課玩股票
我看高官買的差價 沒說有什麼差距啊
家長投訴成績單有差錯啦 努力都該有一百
我收的辭退通知買學校去了 差別在哪
地鐵廣播不比大媽鬧的亮 沙中線配音不錄沒差

哪天醫院中央台報著 三大夢想職業沒了HKSAR
那我想不要說我大學畢業了 教過什麼經濟
要說從香港畢業的都教民族香港話 這推銷個人簡歷及格
有天我說孩子不小了 要養家 哪怕不加班不拼搏不孝
你說要過好生活先別回家住小樓房
塞我千字文包裝的心臟藥10ml 說沒差
我捧著一顆企業精神有愛的心 雙手接過禮盒是出差的伴手禮

四方的單位 剛一半擠得下兩把格子床三條心
交著雙倍的稅 小心翼翼的過所謂生活
今晚腦袋也是翻著維多利亞港的海水味 天星小輪飄在港
口處 久久未泊岸
是眼淚 一滴就把船和七百萬人沉進水裡
我把身軀的構造排解 百年 數一個百年吧 把心中所有都稀釋

船笛響了 別要驚醒年輕的骨肉 他們還新鮮
還可以摸索 不用倉猝的長大
我們的心啊 是浮標 繫在海底 發著點點亮光
每每目送海港兩邊的離去 我們就四目交投
於是燈光折射 顏色變化 照映著彼此
從那頭打過來 從這頭打回去
偶爾幾個風浪 都會士氣激昂
因海水的鹽份而刺激的傷口 都要被這浪撫平

壹壹柒
《手帕》
一直無法扭乾滴水的手帕——
它雖沾過抹過太陽的太陽的軌跡
卻被丟在污泥裏 就沒法自然地漂白
於是捏著摸鬆它的纖維 卻是垢漬斑斑

就像小時候翻過的沙堆 沙子會鑽進小手
起了一層不是蟲子的蠶，叫作繭

堵上結好的痂 要抓開只會濺出血污
再也透不出光來了 也不會蛻變
哪天長大 手帕款式沒能帶得花俏
再也燙不平洗滌而起的毛粒
把回憶抹開來 蟻隻爬過死在皺摺裏
縫紉口的補丁 把乳名班號埋在線頭裏

即便如此 人最後卻是長成手帕的模樣
掠曬塔屋中公園裏 蜂留蝶飛 投向春日的陽光
切切實實的看太陽如何走過 所以知道冬至
那些破洞缺口躺在你的手中 綻放異彩

壹壹捌
《一點眷戀的紅》
從衣兜裡抓個落紅塵
那麼背包拉繩處綁的紅氣球
就不怕被楓葉驚動醋意
你點了點紅了鼻子 就演小丑演了一個劇年
兩手腫成兩顆紅豆 給以掃熬一碗紅豆湯

壹壹玖

《山火》

把白紙黑字拉為一幕詼諧

臉上畫上假笑紅暈

槍枝托在袖口 拉下彈囊就要發炮

一聲令下 軍兵出走 就轉過傷春悲秋

原來這是亞熱帶的寒冬

一下熱就綠 一下葉又紅

到山頭上只剩下零星的戰火

髖骨處裂開 乾花白抹都要盛開來

於是每每登山 乾旱地 旅行人披草而坐

你們不知 盤坐了萬紫千紅

老鷹 盤旋了好幾片絕美穹蒼 擔著獵物等秋意來

卻沒有等到葉被炒至金輝 烏鴉便跌地

燒的衣在墳處 幾點燒著 幾分彌漫著瘴氣

記憶渲染得漫漶 你在待森林飄成灰

笑得飄了幾行淚 迎面一撲滅春日少年時

璀璨奪目的花火 顧不得臉上潮紅 最後閃爍淚光

壹貳零

《無題》

手裡捧著熱乎乎的摩卡咖啡

揭起拉環 水面如鏡 氣泡掙扎

冷萃在罐口的空氣就如煙坎打出長長的訊號

過百度的溫水在打擾繞過 波動激起了大氣

是鯊魚旗 趕不上下一浪潮水 使海裡的魚群窒息

你坐著拍照 談電影橋段 問什麼都無關疼癢

畢竟走馬看花 生活在視窗依然時尚

滴漏咖啡打西環石牆 打不響 櫥窗破落人牆

(卷七)

壹貳壹

《君主的大白象》

阿爺出巡了 什麼部門都起來請安

原則兩者得後來再貼臉上

從重要到過份強調 你擺個服從姿勢 敬禮

這隻大白象長得正 朕喜歡

造個放門口 以後 夷族上貢這個行了 拿來嚇唬人

即使朕穿著顯老態的衣飾 也能穿得很美國
朕說的什麼是什麼 什麼時候不是歷史證明過錯
你穿著小孩拾破爛造的衣裳
好一副愛國愛民模樣由你定義
沒關係 小孩都享受學習你教的那一套

於是你倒著步 走回歷史 作那可悲的封建在自己裏的王
你拉黑幕擋住天空 掛了月亮來省燈的錢
月亮市政府所有 壞了人民來修
哪天老鼠跑進大白象的耳洞 黑幕也塌了下來
我們都窒息了 你卻回朝了
那麼 你會看見 屍體把大象踩下 逆著太陽的光 敬禮

壹貳貳

《無題》

天色繚白 是被紗 蓋過青色的山坡
雨點拂過 似垂下棉絮 撩起流水
順走了 手袖的暖意 降到指尖起的繭
他們一層 一層天邊畫上去
復蔽我容易磨損的皮膚 畫著 收斂雕飾塵埃
天空 無邊無際 彷彿就如人所說
我戀上穹蒼

壹貳參

《今夜談談死亡》

雲彩如父親稀疏的髮絲

也如你對所有不安的輕描淡寫

今日 澄黃的穹蒼 是你那天 穿黃髮搭素衣

幾撮雜草 在貨櫃田外 和神明牌匾一同舉頭

搖落多少塵埃 才踩在正裝的人的彎裡

天色清明 你提不起眼目正眼看人

就如行車間 你拉起半邊窗 相信煙囪打的吹得散雨

垂死掙扎欲求幾日歡愉 後日也必奄奄一息

魚兒翻著浮著滿城風雨 劃過的海平線與玻璃反照成金點

唾罵、飛沫 你看船 刮的石油是先人的灰

所謂死不瞑目 還有更直接的說法

那些睜眼的 當中有些身體乾淨再不過

比方說躍動的神經元從身體的微溫 如何炸出炮灰

擺放 中空的軀體 還是他掛著父親的臉龐

你淚花的轟炸 似裂縫走進了風

等 等頻率的僚隙 大地被泊岸的彎月堵得能有沙能入眼

淚水終於淹沒了你 卻有芳草的青跟血腥的紅捲進鼻腔

原來人都起來打魚 原來你是獨釣客

那才知道 春風的韻
那才知道 正月十五難

壹貳肆
《今天開始跳隨心所欲的舞步吧》
一、
無所目的地叫囂 人云亦云地合唱
隨噓聲舞動身體 五六人群倒頭立意不醉無歸
於是站起身來 披著皮草頂上高帽脂粉往上抹
股票不跌旁人白眼翻了翻 翻到大帽山 看見深圳

二、
你我肩並肩地亂步行走 踩前人的腳跟 勾後人的舞衣
一輝兩頭駱駝拉起風暴面紗 砂石滾到哪 你追到哪
跌倒不用怕 掐指尋文求神拜佛 人定勝天
人就翻過五指山 也就能看透世事 人山人海不過最難也是
人

三、
人類可憎 要把自己的假設假於人 好弄假成真
追求完美的模仿 追求正確的答案 見真實叩拜如神像
愚人嚎叫如野獸 不是出於野性 而是因為遮蔽的身體
那些懼怕愚人節的 無非遮擋奇恥大辱 拿針眼引線 卻糊了
眼睛

壹貳陸

《黃河》

在沉默的沙鍋裏打滾

耳窩如何流進聲音

你生硬的四肢重複著一個選段

那是音樂劇季 演過野鳥回各自的窩

我願躺臥 躺臥在體溫消退的冷床

與斷翼的昆蟲異同在房子角落寄居

過生活我們大可歡送眼淚走去

生活如何過 過著生活 如何

零八奧運 國家聖火

我們這些殘缺的心靈為何飛不過

舉杯吧 苦酒等落寞成愁

兩腳插在沙間任由急流河水追趕

那是黃河 今日黃沙自成好漢

壹貳捌

《無題》

身體扳開 語言攪成七百萬種

小的壯起結疤 充血撕開就蒙蔽雙眼

掠傘的手 轉走人間 聚了 一鍋子白骨灰

炒香了鑊 警號就響偏田野
荒蕪推撞齊髮 班駁搞亂灰諧
色譜 橫寫成中國字 哪裏去黑白情義

熱了油 變幻刺激了口舌鼻頭
耳聞手燙就似狗 包不住白紙 蓋不住紅火
命令 人只管做事做事 吠著 藥粉吃了也難眠

生病了 顧著嘶啞的聲音
頭骸燒夠炸裂 口語聽不懂 廣東口音
冰雹打進屋簷 水炮攻進肺 沒有血 地球先滅

先走的 在被不斷翻炒的鑊裡
被喊著丟人現眼 作最後一代不叫祖宗安寧
就埋首活了身體 土裡夠身體活了 屍骨一個模樣

壹貳玖
《無題》
眼睛長了亂七八糟的刺
燻迷了眼 失迷了路

蓬鬆的頭髮 炸了毛
腦袋怎麼晃也是烏黑醜陋一團

哪天 頭髮散開 一碰著月光
那黑色的水在流 她從天上閃過 流淌

淚腺是河流 紅通通的臉額是海洋
天上的水碰到地上的水就追逐

可那劃過的長坑 像是流星的軌道
把月兒對映的光都擊落

海洋是千瘡百孔的 這混沌成了海床
沒有可立之地 頭上的星星都開了上帝之眼

你竟一次又一次許願洪水
因為有埃及的血把你嚇著

你歡呼崇拜自己
讚美那倒在眼睛的刺

每個人都清醒 卻也以為只能在期待末日
沒有人撩開頭髮擘開眼睛

要慶幸 黑夜籠罩 要感恩 烏雲密佈

2020.9.13 本見

壹參零

《最後晚餐展望錄》
還有什麼擺上斷頭台
還要設什麼筵席
你啃的骨頭吐的肉
最後晚餐還是吃的精緻

別要像初戀的姑娘
你不是什麼都可棄
泣聲是小孩的 不是你的
別作宮廷劇裡母親的戲

小姐頭髮梳了三次
髮簪有血怎會不知
因為你的笑意是畫的
撥墨 彈琴 沾在一角

彷彿什麼 說中了眼皮跳動
皮肉還是掛在盤子上
慢慢的堆成皺
渣兒削好 腐壞的蓋好

沒有皇 奏章還是呈上
粗糙的文字刻在雜亂的眉上躍動

你半額麻痺 獄中使夢粉碎
但是你不是生古代 這叫碰瓷

於是身子盛載狗肉 有一隻在裡面吠
腸子 消化 新聞 扭動
你就是這樣一拐一拐的 被誤入歧途
他們卻以為癲癲 不會有意識

他們說 頭 都要砍掉 是什麼陰魂亂跳
你最後晚餐點了葡萄 一點酒精也沒有
哪天真相了 你們都醉了
那就抓一把死人頭髮去拜山
那老樹的根在透氣

壹參壹
《怕了2》
恐懼會播下種 張成大樹
成猛獸的糧食
要是你的恐懼落到深處
那麼 請當心
心臟會連根拔起

壹參貳

《海邊談政治氣候》

海水惚忪

晾在欄杆上 新長的樹木犯愁

沒有細微的情緒

都是不知道怎麼來看海的心情

即便 海靜 天起了霧

還是要來 讚嘆美景

它是一顆種子

被空氣炒熱 養分都爭到外殼

談話裡 揮灑了年歲 空了心

就不知道自己哆嗦又無趣

它聞了海邊的空氣

晚餐還是想吃燒肉 灌幾罐啤酒

講到嘴巴裂開 饞嘴邊的果子

就被快速打在地上 日子飆了兩塊嫩葉

那養了幾十年的啤酒肚子
被輕易的剝開了 什麼也沒有 ╱

兩塊長不太好的葉子 四處張望
不知是沒有風 還是憑感覺搖擺

瞧它發黃的臉
探頭在別人的網中 卡住了

被說生來不能發芽成大樹
今天也不能成為別人的養分

擺了幾分 再吵幾分
枯死了到底還是可憐╱

老翁釣魚 愛責怪人年輕
好像魚餌落海 什麼也投入海中

它不相信 不相信海裡充滿垃圾
成了有節儉美德的人 說它們都是海盜要搶的寶物

可它是破爛的樹枝
最後還是被吹進海裡 葬在海裡

死後 一棵朽木 腐爛在海邊
失去了 雕刻打磨的痕跡 那骨頭更是一踩就斷/

那站在海邊年輕的樹木 不能走了
就時刻感冒 從熱血的種子長大成人

他知道那些糜爛的 一根根 一塊塊
看海的時候 需要遮薩

因為比起海 樹木還是要當心
當心 別被太陽燒著

壹參參
《撤回》
眼睛長在右下角
一句
夾你眼珠

若你不小心打開 凌晨的街
果不其然
了無人煙

看 那街把你這模糊的臉捏的
手指 眼眶 還有門縫
都有紅痕

你要按快門 立刻 免得鳥兒驚怕
你要捕捉乾在口中的空氣
打它

那時你鄒巴巴的嘴臉
集中在鏡框裡
可什麼框框都不比輸入框框小

你喜歡街 喜歡溫度升高
托在眼睛上的水氣飄走了 一瞬間快樂了
默念 這是愛

壹參肆
《果子樹》
今囂張
削了四肢
刨尖獠牙
過街伸爪
過門的吠

搗破了
剛畫的油漆側身
與斑駁的路扯成
一巷墨跡死胡同
分開探頭的樹影

是黑夜
那白光吃進你的骨
髮絲凌亂倒在路中
有生命了會活著了
母貓舔朝霞的露水
野狗吃最後的晚餐

夜更夜
長了人性
鬼模鬼樣
抓破嘴臉
哭破嗓子

到早晨
夾著尾巴的人
餵棚裡的牲畜
都畏縮**躲**起來

咬果子
吐個斑斕彩色
大樹下就歡笑
世界默言不語

壹參伍
《無題》
海浪
把一切褪去
失落的人
也回歸淨土

披著
白色蕾絲邊的紗
少女徐徐
踩著彼岸花 沉進海洋

絆倒了
她赤裸地投進珊瑚群
雙手連接著
搖擺的海草

捆著的
被魚群掙開
閃爍的
連成一線

她在海中睜開了眼
瞇著一行白茫茫
雙腿踢開
吞噬她的夢

是否
葬在海裡 翻跟斗
那麼 藍天翻進鐵達尼號
再沒有 沒有窮盡的海洋

我手束 希望的花
是永恆
黑夜 撒下光
與我共舞

壹參陸

《棉被、祝好毛毯》

踩在 棉被上

穿著 睡意

遮蔽靈魂

空殼

調著鹽水

抽出枯乾的血液

斬樹的人

劈開我的心跳

亂如麻

七月的太陽 冥化

花被曬傷

燒焦了 灼傷了 電路癱瘓

過頭的毛毯

注滿了你們的眼睛

她 赤身露體

在雨天 垂簾
手裡 悄然無息 放著光
讓在座各位親友 離場

壹參柒
《他們的秋天》
晚八月 毛線 綿綿
溫暖的 攪在一起

一隻 一隻豹狼
捉緊 對方的尾巴

繞著彼此
呼出 很長的 熱氣

羊圈轉動
一切詩句還在醞釀

靈感在營火裡發酵
星星點點的 沒有數算明天

樹林裡 山上
雨濕 火燒不著 天空引路的光

都要 沉穩的睡著
聽狼聲 提著火把 抱著小羊 等天亮

入秋的氣息 能**夠**擋住暴雨
風 打了噴嚏 葉子替我關了門

從哪裡醒了 就祝他好眠
再出去 看殘缺的月光

哪天 穿起這片森林
撥動自己 隔開這世外桃源

哪時候 來到
羊圈的羊 當森林之主的人 外圍的豹狼

他們的
秋天

壹參捌
《雨水》
看夏日的雨水
手袖沾了屋裡的霧氣

像是 也淋到一點雨
濕了 半邊肩膀

耳稍走過一絲涼意
巴士駛過 接走了門前的人

平淡 從離去的軌跡眺望
可見到 櫥窗裡的燈

我們生在 萍水之間
你們揭起一場 波瀾 漣漪

是單車劃過水坑
濺到門前 讓我把水漬推走

在轉角處 抓起一本書閱讀
眼裡模糊的字句 我們不再感動

從拭乾淨的玻璃 看不見溫差
水氣飄過間 我乘著雨 倒在九月來的路中

壹參玖

(我 大灣人)
構想空洞 鼻腔吹氣
不拭淚水 抽離自己

擁抱又失去 又擁抱
<大灣>讓它不要陸沉

填充食物 國家的書
學成符文 頂頭倒立
(在彼岸)
彼岸 新的帖子寫到
束胸衣有白鴿飛往

在內陸 搭起破黑屋
生存了幾百天抱空

(以為)
絕了命 一肚子海水
山緣斷 海還翻往海

走遠了 回不去歸宿
那就造一隻船 任憑
魅惑的海翻到何方：
今日活著、數算年日

（建方舟）
海的波紋 推去我形狀
繞船而行 擱在新地那邊

沒有溺死 大口大口的
張嘴呼吸 咬著橄欖枝

（這樣，能有明天）

壹肆零
《索亞》
對世界美好純淨之物
帶著簡單的感受 陷入熱戀
耳邊浪聲 乘著心跳的鼓聲 推往海

背包客 兩手掛在彼此的肩膀
我們 目光隨海水褪望
我走到夕陽 你挨近岸 還看 土耳其熱氣球

一路 從你那裡的地圖 翻到山丘
揭起了湖 還有漣漪
傍晚 以吻結束旅行

(卷八)

壹肆壹

《飛往月球》

每每 放下雙腳

踢走 地上的灰

殞石間嬉戲

要狩獵少年眼中的星星

才可為城市披戴上燈飾

原來 想在月球漫步

還是 得沾溜走的光

美好盆景 一切凋零不過石火光中 閃爍

火沒有影 把一口氣息埋在燭光裡 忍著

原來 倒步行走

還是 重踏覆轍

壹肆貳

《我》

我長著分離的五官

觸碰你手 溫度停留

眼鏡耳朵嘴巴 都閉上

雨聲在腦後 滴答
跟著時針 徘徊
走了 幾個夜晚

來往的隧道 扭曲了
沙沙 潺潺
叫行人跌入空洞

你把我的眼睛揉成試管
順著時針 注入雨水
不溫 不冷 把眼淚煮熟

體溫六度
沿著 再跌 觸點
你的手也跌走 截停斜下的雨

我抱著那走神的五官
拼湊回去 側身俯視身下的水凼
被扭曲的空洞溶掉我